묵상의 숲

정연희 시집

묵상의 숲

개미

창천하늘 아래 삼라만상이 *말씀입니다.
만상은 무궁 침묵 안의 말씀입니다.
언어를 빌리지 않는 거룩한 생명 빛입니다.

그중 만상의 하나로 어울린 인간만이
언어를 빌려 쓰고 있습니다.
인간만이 지루함을 참지 못해
만상의 침묵을 거스르며 살아갑니다.

이 시집은
침묵하는 숲에 흠집 낸

---

*태초에 말씀이 계셨다……모든 것이 그로 말미암아 창조되었으니, 그가
없이 창조된 것은 하나도 없다(요한복음 1장)

언어의 부스러기입니다.
진리를 거스른 반역의 기록입니다.
만상의 침묵을 훔친 도둑입니다.

2018년 9월
삼희동산에서

정 연 희

차례

4부

1부

홀로 서 있는 나무

벌판 끝자락에 홀로 서 있는 나무 한 그루,
오직 제 그림자 늘여주는 태양 아래,
제 그림자 딛고 홀로 서 있는 나무.

갑자기 비바람으로 오시어도,
눈물 환희로 당신의 격정에 전신을 던집니다.
참고 참던 당신이,
소나기로 오시면,
당신이 달려오시는 뜨거움에 전신을 던져,
뼛속까지 적셔 떨고 떨리는,
당신의 고백에 뿌리 채 흔들리는
나무 한 그루,

이 슬픔의 휘몰이,
외로움의 회오리,
때로 눈뜨는 미친 뜨거움으로
삶이 죽도록 아프다가도,
당신이 햇빛 되어 오시면 전신으로 웃고,

당신이 폭풍바람으로 오시면,
떨고 떨면서 전신을 던져
환희의 눈물로 무너집니다.

한밤중

막차는 시골정거장에 나를 던져주고
훌쩍 달아납니다.
중천은 열하루 달로 깊은 물속입니다.
맑은 물에 가만히 내려앉듯,
허허 벌판에 숨 고르고 서 있었습니다.

벌판 가득,
한참 패기 시작한 벼이삭 향기 아득한 저승인데,
길섶에서 여치 귀뚜라미,
온갖 풀벌레가 내 걸음을 따라옵니다.
이승 살이 내 목숨에다,
가녀린 시간의 바퀴를 달아주며 함께 가자합니다.
얼마를 더 이승에 머물는지,
풀벌레들의 숨소리가 내 들숨 날숨에 무늬를 이루고

아! 아름다워라!
호젓한 이 달밤의 논둑길.
밤길 홀로 걷게 아니하시고,

풀벌레 동무 삼아 주신 분.
컴컴한 대문을 거쳐,
계단 딛고 마당으로 올라서니,
마당 가득 깊은 물로 고여 있는,
사무치는 달빛.

이리도 맑고 고적한 이승에 나를 세워주신 분.
내 영혼의 손을 잡고
묵묵히 함께 걸어오신 분,
고적하게 만나주시는 그분.

재의 수요일*

한겨울 지낸 벽난로에서 재를 쳐냅니다.
겨우내 따뜻한 동무였던 난로에,
온기는 스러지고 재만 남았습니다.
재를 치면서,
홀로 재의 수요일 예식을 치릅니다.
맑은 물에 재를 녹여
이마에 얹고 눈을 감았습니다.
언제가 될는지,
재로 남을 육신,
한생을 주님께 살라 바칩니다.

열두 관 몸둥이 평생 끌고 다니며,
더러는 쾌락에 빠지고, 더러는 게으름도 부리다가,
나머지는 고통과 슬픔으로 채워지는 슬픈 육신······
이승에서 마지막 날 당신이 불 붙여주신 불길에
훨훨 타 재가 되어,
하늘나라로 이어진 강물에 뿌려주시면
하늘나라로 이어진 그 강에서,

한 줌 재가,

홀연히 일어나 꽃으로 피어나게 하소서,

주님께 드려질 향기로운 꽃으로 살아나게 하소서.

살아나게 하소서.

*가톨릭의 성회일(聖灰日). 사순절(四旬節) 첫날, 성도의 머리 위에 재를 얹어
죽음을 통해 영혼구원을 이루는 행사.

묵상하는 숲

숲의 나라,
그 나라, 미국 동부의 봄이 내내 목말랐는데,
깊은 밤, 소리 없이 비가 내린다.
어제 한낮 숲속으로,
휴식 찾아왔던 사람들의 들숨 날숨
머물러 있는 숲이
비를 맞는다.

모두가 잠든 깊은 밤,
숲을 달래면서 가만가만 비가 내린다.
주룩 비 아닌,
하늘 속삭임으로
가만가만 비가 내린다.

어제를 씻어 내리는 비가 아니라
숨죽여 어제를 돌아보는 비가 내린다.
바람도 가던 길 멈추고,
가만히 고개 숙여 비를 맞는다.

어제 불던 바람도 저만치 머물러
비 내림에 고개 숙여 귀기울인다.

숲이 묵상(默想)에 잠겨 고개를 숙인다.
밤새 비에 젖어,
깊은 묵상으로 고개 숙이는 숲……
홀로 고적하던 숲이 나를 품고
함께 묵상으로 들어가잔다.
아바의 품으로…… 아바의 품으로…….

한낮의 고요함

누가 떠미는 것도 아니고,
일하지 않는다고 나무라는 사람도 없건만,
김매고 흙 다스리며,
땅 김 속에서 허덕거릴 때,
새들 재잘재잘 저들끼리 주고받는 지저귐이
내 영혼의 쉼터입니다.

그때 바람이 마중 나와 땀을 들이니,
노동으로 이어지는 생명연소는
그분께로부터 오는 위로와 기쁨입니다.

정수리로 올라온 태양 아래 허리 걸치고,
한낮 정적(靜寂)에 안겨 숨을 고릅니다.
나무가, 숲이, 풀들이,
그 정적 안에서 침묵기도에 드는…….
만상(萬象)이,
아침의 광휘로 눈부신 생명 옷 입다가,
정오(正午)에 이르면, 기울기 시작하는 해를 향하여

모두가 머리 숙이는 한낮 적요(寂寥),
그 적요에 안겨,
땀 흘려 일하던 내 육신과 영혼도,
시간과 공간을 건너 머리 숙입니다.

삼라만상이 경건한 침잠(沈潛),
침묵에 잠겨 고개 숙이는,
목숨이 말갛게 가라앉아,
그분 안으로 흘러드는 한낮의 고요함.
이렇게 하루 가득 차는 고요함…….

해질녘

나무 잎새 위로 물방울 굴러가며,
비 긋고 간 숲에서 새들이 수런거립니다.
수런거림이 자라다가 지저귐이 되는
새들의 지저귐이 달고 달아요.

서걱서걱 솟아오르던 원추리 잎이 빗물에 세수하고
상사화(相思花), 뜨거움 감추고,
잎으로만 솟아오르는 그리움만 푸르고 푸르러,
아아, 이토록 화창한 날의 슬픔을
그분께서도 아실는지……

화창한 햇살 눈부신 화살처럼 너무도 아름다워,
목울대로 치받는 슬픔을 어찌할 수 없어,
쭈그리고 앉아 하릴없이 머위를 뜯고 쑥을 캡니다.
그렇게 한나절이 기울고……
저 멀리, 물 충충한 논으로 석양이 내려앉으면,
해넘이로 우련 물든 무논의 물이
가슴으로 충충 고여 오릅니다.

저물어가는 뒤뜰에 퍼질러 앉아
쑥을 다듬으며 하릴없이
늘어져 낮잠 자는 개들한테 말을 건넵니다.

머위를 데쳐 나물을 무쳤으나,
저녁 밥맛은 그저 그래서 몇 술 뜨다 말았습니다.
이 하루, 해질녘 고즈넉한 슬픔으로
영혼의 하얀 백지 위에 기도문을 올립니다.

흙 한 줌 보태는 자리

한평생 실컷 끌고 다니며.
멋대로 부려먹던 열두 관 몸뚱이.
"헛된 생명의 모든 날을
그림자 같이 보내는 일평생……." (전도서 6:12)

이제 그만 돌아오라 하시는,
그분의 말씀 따라,
흙 한 줌 보태준 자리에는
무슨 풀이 돋아날까…….
한숨 같은 바람꽃 고개 들고 일어날 때,
구름 한 조각 그늘을 늘이면
이승의 신산 잊어버리고,
홀연 바람으로 일어설까……

산새 한 마리 스쳐간 그늘에서
"풀은 마르고 꽃의 시듦은 그분의 기운(氣運)이 그 위
에 붊이라.
풀은 마르고 꽃은 시드나,

우리 하나님의 말씀이
영영(永永)히 서리라." (이사야 40:7-8)
그 말씀을
만날 수 있을까,
언제쯤이면…….

태어남

생일축합니다. 생일축합니다.

가족이, 친구가 노래합니다. 생일축합니다.

삶을 돌이켜보니,

한 줌 손 안에 드는 깃털처럼 가벼운 한 생애(生涯) 인 가하면

삶의 씨줄 날줄 올마다, 상처와 고통과 외로움이 생살 처럼 묻어나는,

그래서 쓸모없는 한세상을 지내놓았구나 싶었으나,

내 목숨의 주인 되시는 분 거기 계심을 아는

그 순간이 나의 생일이요,

그분께서 나를 바라보시며

채찍도 들고 계시다는 것을 아는 그날이 생일이요,

내가 나의 죄를 알아보는 그날이 다시 태어남이요,

오직 주님 안에서만 새롭게 태어남을,

그래서 구원을 이루게 된 그날이 영원을 향해,

계속 태어나고 계속 죽으며,

계속해 새로 태어나는 영원한 생일임을,

그분께서 열어주시는 그날이 생일임을……

이승의 외나무다리

아슬아슬 천 길 낭떠러지,
눈 둘 곳 없는 외나무다리였습니다.

이제 어디쯤 건너 왔는지…… 알 수 없는 다리…….
피안(彼岸)이 아직도 아득한 외나무다리.
이제쯤 지쳐 어지럼증에 빠졌습니다.

한번 건너가면 돌아볼 일 없는,
한번 내어 디디면 돌아갈 길 없는,
앞으로만 가야 하는 이승의 외나무다리.
심한 어지럼증으로 눈을 감으니
나를 안고 계신 분,
그분의 품이었습니다.

외나무다리를 딛고 떠날 때
내 손을 잡고 함께 떠나주신 분,
아슬아슬한 순간마다 내 손 잡아주신 분,
그분의 품이었습니다.

삶의 외나무다리를

나 혼자 떠나지 않았습니다.

— 주께서 나를 모든 재난에서 건져주셨으며,

나의 이 눈으로 원수들의 멸망을 보았기 때문입니다.

(시편 54:7)

하늘나라 전화번호

새해 들어
전화번호 수첩을 정리합니다.
얼마 전부터 하나 둘 지워지기 시작한
친구들의 전화번호.
줄을 그어도 가슴에 남는 이름,
우리가 주고받던 목소리를
그 친구는 가슴에 품고 떠났을까,

이승 살이 신산에서
전홧줄 타고 흘러오던 따뜻한 마음,
신산과 슬픔 서리서리 안고 떠나면서
내게 남긴 말은,
그래도 살아있는 동안 혼자라고 생각지 마라,
네 옆에는 그분이 항상 계신다.
네가 서러움에 겨워 흐느낄 때마다
하늘 전화 줄 호출부호는 "주님!" 한마디뿐
그분은 네 목소리에 지체 않고 대답하신다.

전호번호 수첩에서
친구들의 이름이 한둘 지워지다가
머지않아, 네 이름과 전화번호가,
또 어느 친구의 수첩에서 지워질 때,
너도 그분의 전화번호를 남기고 떠나거라.

수첩에 남기지 않더라도
언제나 기다리시는
그분의 전화번호를 남기고 떠나거라.
먼저 떠나간 친구가 남긴 말입니다.

당신은 누구시오니까?

질긴 목숨으로 이어져, 끊어지지 않던 외로움.
여기인가 하여 시린 손으로 더듬어 붙잡아 보면,
더 얼음장 같던 인연(因緣).

저기인가 하여 가까스로 다가가 매달려 보니,
매달린 손에 얼음 배겨,
얼음 박힌 손 내리고,
우두망철 향방 없이 어정거리다가,
절룩 걸음 기진하여 쓰러질 때쯤,
"네가 나를 찾고 있느냐?"
다가오신 분,

하늘 열린 듯 크신가 하면,
너무 부드럽고 너무 깊어,
감당할 길 없이 낯설기만 한 분,
당신은 누구시오니까?

"나의 누이, 나의 신부야! 나의 동산으로 내가 찾아왔

다. 몰약과 향료를 거두고, 꿀과 꿀송이를 따먹고,
포도주와 젖도 마셨다." (아가서 5:1)

하늘문에 이르도록

"아바의 뜻이 하늘에서 이루어진 것 같이 땅에서도 이루어지이다."
 천만 번도 더 드리는, 영원으로 이어진 기도,
 그 뜻을 향해 가고 있는 길목에서
 아바께서는 저를 대끼고 또 대끼시며,
 나태해지지 말라시고,
 거듭거듭,
 영혼의 할례(割禮)로 마음을 베이고 또 베이시며,
 불멸의! 가장 빛나는! 한 영혼을 빚으시려고,
 이 땅에서,
 쉼표 없는 고난을……
 숨 돌릴 사이 없는,
 맹적(猛敵)들 공격 겪는 저를,
 묵묵하게 바라만 보시는……

 깎고, 다듬고, 써레질, 무두질, 간단없는 고난,
 아바의 뜻을 이루시기 위하여
 저를 도구 삼으시는 동안,

아바께서는 또 얼마나 더 오래 고통을 참으시며……
얼마나 공들여 이 지점에 이르셨는지……
얼마를 더 기다리시면
저를 하늘문 앞에 세우시겠는지.
저의 영혼, 목숨 다하여,
아바의 뜻을 향해 갈무리하도록,
오직 그 한길,
완주(完走)를 기다리시는,
하늘문에 이르도록 기다리시는 분,
내 아바, 아버지—

2부

그때, 부를 이름 하나

늘 나와 함께 있는 그를,
나는 고독이라 부르지 않는다.
때로 무겁게, 어느 때는 운무(雲霧)처럼
아슴아슴 떠도는 그를,
나는 고독이라 부르지 않는다.
누구에게도 들키는 일 없이
나와 함께 살고 있는,
나를 가장 잘 아는 그의 이름을,
나는 고독이라 부르지 않는다.

누구에게도 알려질 일 없고,
누구도 찾아올 일 없는,
깊고 깊은 골방, 어둠,
쓸쓸함, 막막함을 간직한 삶,
세상 떠날 때, 동무해 줄,
쓰라린 사랑 하나,
그때 가만히 고독이라 부르리라.
그분의 눈길,

세상에서 가장 쓸쓸했던
그분의 눈길을 바라보며,
그때 그분께만 들리도록,
가만히 속삭여 부르리라.
고독이라고.

목숨무늬로

달빛 반쪽 푸른 밤,
벼이삭 고개 숙인 들녘을 걷는다.
가을 풀벌레 지지지지
시간을 가만가만 썰고 있다.
제각기 제 목숨무늬대로,
지지지지 사각사각,
논둑 위로 시간의 풀빛 톱밥이 쌓인다.
호젓한 논둑으로 풀벌레 목숨무늬
쓸쓸한 풀빛 톱밥 쌓여간다.

건 듯 부는 바람 한 점,
풀벌레 소리에 숨 고르고,
달빛 반쪽 청명 하늘에 떠가던 구름 한 점,
풀향기 풀벌레 목숨무늬에 내려앉는다.
어쩌면……
달빛 반쪽 푸르름의 이 한밤,
아바께서는 지상의 시간을
투명하게 벼리고 계신지도 모르겠다.

당신 기다리시는 그곳도
이렇게 푸르른 밤처럼 고요하다고…….
그곳에는 시간이라는 것이 없느니라 하시며
내 영혼이 숨 고르며 바라보라 하시듯……

마음가족

오래전에 저질렀던 부끄러움,
세월 무덤에 묻혀 잊혀졌다 믿고
한 번도 돌아본 일 없던 부끄러움.
저지른 자괴감 어느 구석진 세포에 새겨져 있어도,
잊혀졌노라, 잊혀졌어야 했노라고,
돌아볼 일 없던 흠집들…….
무슨 일로, 어느 날 갑자기,
그 부끄러움들이 해일처럼 들고 일어나,
화살 되고 총알 되어
망각이라는 벽을 향해 한꺼번에 날아와,

아! 그런 일을 저지르고도
아직 살아있음의 수치스러움이 눈을 떠!
용서받은 죄인의 영혼에,
문신처럼 새겨진 흠집들…….
삶의 궤적…… 살아남은 세월의 옹이로 굳어진 것들,
저만 아는,
무덤에 묻어 두었던 부끄러움의 문신(文身)…….

심약함, 거절 못함의 병, 오판, 비겁, 망설임, 성급함,
갖가지 문신들이 벌떡벌떡 일어나,
감추고 쑤셔 박았던 것들이 폭풍처럼 터지며
눈 부릅뜨고 일어나!
숨을 곳 없는 빛살에 허황지황!
굳은살 찢고, 묵은 피 쏟으라고!
새 피, 새살, 십자가의 피로 수혈을 받으라고……

"너희는 스스로 할례를 행하여 너희 마음가죽을 베고
나 여호와께 속(屬)하라." (예레미야 4:4)
그 길만이,
마음가죽 베어내는 그 길만이,
영혼에 깊이 박힌 죄의 문신까지 지울 수 있는 길이라
고…….

태 덩어리 하나

매일 넘어지는 자,
매일 실패하는 자,
매일 잃어버리는 자,
매일 놓치는 자,
천생 지진아처럼
도무지 달라지지 않는 태 덩어리 하나……

미움의 가시 하나,
원망의 가시 하나,
질곡, 단애 끝에 서게 된 까닭을 알 수 없어,
살 갓 뚫고 몸 밖으로 튀어나온 가시들…….
닿는 대로, 만나는 대로,
누구라도 찔리게 될 것을 두려워할 줄 모르고,
향방 없이 우두망철, 두리번거리는……,
자신이 누구인지도 모르는 태 덩어리 하나

그래도 버려두시지 않으시려고,
어떻든 단념하시지 않으시려고

끝내 포기하시지 않으시려고
주께서,
"나로 흑암(黑暗)에 거하게 하시기를
죽은 지 오랜 자 같게" 하시면서…….

"밤 초경(初更)에 일어나 부르짖을 지어다
네 마음을 주의 얼굴 앞에 물 쏟듯 할지어다."
(예레미야애가 2장, 3장)
길을 열어주십니다. 주님!

영혼의 탯줄

태에서 떨어져 살아가던 동안,
허황지황, 허둥지둥, 영일 없던 버둥거림.
무엇이 그리 바쁘고, 무엇이 그리 대단해서,

무엇을 위해 숨 가쁘게 달려왔는지,
잠잠하게 지켜보시는 주님을 등지고
무릎 꿇어 삶을 돌이켜 보아야 할 때,
기를 쓰고 손 뻗어 잡으려던 것이 무엇이었는지⋯⋯

순간의 진실,
그 편린(片鱗)이야 아주 없었겠습니까.
주님 그나마 외면하지 말아 주십시오.
비록 유혹에 말려들고,
제 욕심에 눈멀어 수없이 넘어졌지만
이제 저는 하늘보좌에서 다스리시는 주님 우러러
"상전의 손을 살피는 종의 눈처럼
여주인의 손을 살피는 몸종의 눈처럼" (시편 123편)
주님을 우러러 뵈올 뿐입니다.

마지막 날, 죽음의 문지방 넘어갈 때,
오직 영혼의 탯줄 놓지 않으실
주님만을 우러러 뵈올 뿐입니다.
주님!

태어남과 죽음에서

어둠 떠나지 못하는 깊은 새벽,
영혼의 깊은 밤에서 헤어나지 못하고,
기도의 갈피 잡히지 않아, 태 덩어리처럼 엎어져,
내가 누구인지도 모를 만큼 캄캄함에 빠져 있을 때,

문득, '태어난다는 것은 무엇이며, 죽는다는 것은 무엇
인가?'
새삼스러운 질문 하나 목숨 줄처럼 걸려있는데…….

태어남은 시간과 공간 안으로 들어감이요,
죽는다는 것은 시간과 공간을 초월,
거기서 벗어나 영원으로 가는 것,

무릇 세상에 들어와 살아가야 하는 삶이,
시간과 공간의 제약 속에 갇히는 것이라면,
죽음이란 그 제약에서 놓여나,
영원, 자유, 해방의 길로 떠나는 것.

오고 또 다가오는 죽음의 명제,

십자가에서, 이승의 극란(極亂)한 고통 중,

그분이 죽음을 삼킨 생명 역전(逆轉)의 사건!

죽음이 끝이요 끊어짐이 아닌,

관계의 변환(變換)을 일으키신 분,

예수!

아! 그때!

절대, 확실하게 예약된 죽음,
떠날 시간을 저는 모릅니다.
이제 떠날 때가 가까워져,
옛날 사진을 소각합니다.

아! 그때! 이렇게 화안한 웃음이 있었지!
형제들과 친구들 사이의 어깨동무,
그 따뜻했던 순간순간들이 불길 속에서 들고일어나,
천진했던 웃음들이
비눗방울처럼 방울, 방울 떠오릅니다.

순간이 영원 같던 즐거움, 기쁘고 즐겁던 순간들…….
창조주께서도 함께 유쾌하게 웃으시던 그 순간,
죄도 슬픔도 아픔도 없던 그 순간,
이제 주께서 함께 어깨동무 해 주셨던 그 순간들을
돌려드립니다.

그때의 화안한 웃음,

이승의 불길을 타고,
내 영혼도 아바께로 날아갑니다. 지금……

시간의 답

시간 속으로 던져진 우리,
더러 시간에 쫓기면서 달리게 되는 이승,
때로는 시간의 벽에 갇혀 벗어날 길 없는 이승살이,
시간에 갇혀 허덕이면서,
시간을 더 빌리겠다고,
조금이라도 더 빌려
더 살아보겠다고 조바심치는 인생,

그렇게 빌려간 시간을 어디에 쓸 것인지
누구에게 나누어 줄 것인지,
갚을 길 없는 시간을 빌리고 빌려가며,
더 빌려 쓰다가……
더는 견딜 수 없어
바퀴 달린 것들 온갖 차량, 선박, 항공기에 얹혀
시간을 털고 털며 어디로 달아나는가, 인간아!

십자가에서 허물어진 시간,
영원을 열고 우리를 부르신 그분,

― 하나님의 능력을 힘입어, 복음을 위하여, 고난을 함께 겪으십시오. ……이 은혜는 영원 전에 그리스도 예수 안에서 우리에게 주신 것인데. (디모데 후서 1:8~9)

시간이 아닌, 영원의 문을 열어주시는 분…….

빛

깊은 밤, 추수 끝낸 텅 빈 들판을 걸어갑니다.
논둑길에 드문드문 심심한 가로등,
걷다보면 가로등 등지고
내 앞길 발밑으로 내 그림자 늘어집니다.
세상살이 심란한,
무겁고 힘겨운 그림자가 앞서 갑니다.
가로등에서 멀어질수록 길고 길게 늘어지는 내 그림자.
그림자 앞세워 걸어가던 호젓한 겨울 밤길.
한세상 살던 날들처럼……

빛이 등 뒤로 아득해지면
그나마 그림자조차 스러져,
지친 영혼, 어둠 속에서 길을 잃는다.
그림자나마, 빛이 있어 앞세우는 인생길,
내 눈으로 보는 인생 아니라,
빛이 있어 보이는 인생길.

빛, 빛이신 그분.

참회! 참회!

매일 끊임없이 이어지는 참회! 참회!
인생살이 한세상,
참회의 징검다리 딛고 가는 것이 인생인지,
죄 사함의 은혜를 입은 것이 언제인데
아직…… 어제도, 오늘도……
지금도 계속되는 참회…….
이 징검다리 딛지 않고는 건너 갈 수 없는 것이 한세상
인가
참회의 징검다리 사이에서
오늘도 오욕칠정(五慾七情) 출렁거려.

매일 때마다 참회로 무릎을 꺾어 엎드려도
그 참회가 때로는 톱밥 가루가 되고
어느 때는 삶의 대패밥 되어 흩어지니
메마르고 메마른 몸부림의 되풀이…….
하지만 그 톱밥 대패밥으로 내가 지고 가야 할
십자가의 형상을 만들어 주실 수 있는 분,
그분 예수!

얼굴을 땅에 대고

다락방에 들면,
그저 얼굴을 땅에 대고 엎드립니다.
내 영혼의 소리 없는 부르짖음이,
사막 같은 저의 영혼의 메마른 몸부림이,
언어가 없는 기도입니다.
하지만 제 몰골의 부끄러움을 두고,
애통으로 부르짖는 소리 없는 부르짖음에
하늘문이 열리더이다.

그제야 저의 들숨이,
우리를 향하사 숨을 내어 쉬시며
"성령을 받으라, 너희가 뉘 죄를 사(赦)하면 사하여 질
것이요, 뉘 죄든지 그대로 두면 그대로 있으리라." (요한
복음 20:22) 하신
부활 주님의 숨을 받게 되더이다.

오직 이 다락방에서,
주께서 내 주시는 숨을 받아 마시고

내 안의 어둠을 날숨으로 내어 보내니
제가 정녕,
살아계신 아바 하나님 품 안에서
숨을 쉬고 있더이다.

아들을 가슴에 묻은 내 동생아

마흔세 살 아들 잃고,
이국땅에서 모국의 땅 찾아온 동생,
우리 자매는 황량한 들판에,
오래전에 버려진 듯 서 있었습니다.
말라비틀어진 영혼이 물길 찾을 일도 잊어버리고.
그저 망연히, 망연히,
할 말 잃고, 한없이 망연히 버려진 듯 서 있었습니다.

아우야, 이제 우리는 해질 역에 이르러
무슨 급한 일 있다고 허둥지둥하겠니?
너 마흔세 살 아들 앞세워,
숨넘어가고 억장 무너지는 슬픔으로
오직 아들 따라가고 싶은 일념뿐이라지만,
그래도 허둥지둥 말자,
네 아들, 그분 앞에서,
어미가 해질 역 모든 것 손에서 놓아버린 나그네로,
천천히, 천천히 제 곁으로 오기를 기다리고 있겠건
만……

살아생전,
아들과 어미가 천국행을 두고두고 약속했다며……
그 약속의 디딤돌 딛고
우리 함께 손잡고 따라가 보자꾸나. 아우야……

3부

갓밝이 해처럼

이 새벽, 목마르고 메말랐던 영혼이
마른 눈물로 목이 찢어져 부르짖으니

아! 주님 말씀의 생명수 흘러 나와……
영혼의 어둡던 밤, 그 어둠의 목을 축여 주시어……
영혼의 창문 열어주시니—
아…… 누가 알리, 이 신비의 기적을,

외면하시고
다시는 만나주시지 않을 것 같았던 분께서
하늘길 열어주시고, 영혼의 어둡고 어둡던 밤에,
갓밝이 해 떠오름처럼 다가오시니……

어둡던 영혼, 눈부심에 떨고 떨리는 이 기쁨……
"태초에 말씀이 계시니라" (요한복음 1:1)
저를 다시 태초의 그 말씀 앞에 세우신,
오늘이 다시 태초의 새날입니다. 주님!

볕 바른 봄날 하늘에

비 걷힌 볕 바른 봄날,
아침 일찍 널었던 빨래를 걷다가,
눈부신 햇살,
사무친 창공,
그저 무심하게, 무심하고 무심하게
얼빠진 일상(日常)으로 이어지던 나날,
버려진 듯 막막하게 흘려보내던 하루, 하루.

눈부신 햇살,
사무치는 창공을 무심하게 올려다보는데,
문득 그분의 쓸쓸한 시선(視線),
차마 더는 바라볼 수 없어
죄 지은 듯 고개 숙이고,
그리도 맑고 빛나는 하늘,
무슨 염치로 올려다보나,
거기 쓸쓸해하시는 그분의 시선,
머물러 있는 하늘……

향기 바람으로 오시는 분

하루해 기우는 해질녘······.
만상(萬象)이 조심스레 고개를 숙입니다.
어스름 이내가 내리는 뜰 저쪽에,
이팝나무 꽃이 신부(新婦)의 화관보다 눈부십니다.
청색 붓꽃, 황금색 붓꽃,
어스름 몽환(夢幻)을 이루며
그분을 기다립니다.

바람은 가만히 숨 고르며,
이 나무, 저 꽃 둥치에 머물러 속삭입니다.

이 어스름에, 문득 그분께서,
향기 바람으로 내 손 잡으시니
영원을 향한 한순간의 발돋음,
충충한 눈물로 차올라, 눈물로 차올라······
감당 못할 기쁨이,
그분께 드릴 영혼의 꽃으로 피어납니다.

하늘나라에도 가을이

하늘 아득히 사무치는 푸르름,
구름도 푸른빛에 머물러……

울안에 든 가을이 깊어,
담장 안 울안으로 날아드는 낙엽,
하염없이, 길 잃고, 추위 타며……
낙엽이 날아든다.
숨죽여가며, 흐느낌 들키지 않으려고,
머뭇머뭇 숨죽여가며, 내려앉는 낙엽은
누구의 슬픔일가, 누구의 한숨일까……

하늘나라 아바의 뜰 그곳에도 가을이 있을까,
이렇게, 스산한 한숨 같은 낙엽 날리는 일이 있을까……
아마…… 있을는지도…….
사랑하는 사람 남겨두고 먼저 떠난 사람이,
아바 몰래 짓는 한숨 같은 낙엽이 있을는지도…….
남겨두고 온 사랑 못 잊어,
아버지 아바 몰래 눈물짓는,

그 사랑의 눈물수건,
눈물로 젖는 하늘수건이,
몰래 흔들리는……
그런 낙엽이 있을는지도…… 있을는지도…….

슬픔이 잠시 멈춘 늦가을 아침

주일 이른 새벽,

산골집 떠나,

교회를 향해 머나먼 길 거쳐 서울에 이르러,

한숨 돌리고 다리도 쉴 겸,

길가 벤치에 허리를 걸치니,

시리도록 푸른 하늘에서 쏟아지는 양광(陽光),

가로수 느티나무 낙엽이 햇빛에 넘놀며 땅으로 내려앉고,

한 자락 바람에 정처 없이 쓸려가는 낙엽도 속삭임 되어……

푸르륵! 푸르륵! 비둘기 떼 생각난 듯 떼 지어 내려앉아,

구구구 모이를 찾네.

자전거를 끌고 가는 소년,

탱탱한 종아리에 굽 높은 구두 소리 싱싱한 처녀,

씽씽 달리는 네거리의 자동차들……

멀리서 난민 소식, 절망적인 가난, 목마른 대지, 테러,

총기사고, 전쟁, 토네이도, 재난 소식 곤두박질치고,
지구가 앓는 소리 이어지고 있어도,

슬픔이 잠시 멈춘 이 눈부신 늦가을 아침,
한동안의 평안, 평화 속에 주님의 시선 물끄러미……
지구를 향해, 연민, 자비, 긍휼로 건너다보시는 눈길……
비둘기 떼 무슨 말씀을 들었기에 일제히 화르르! 비상
(飛上)―

평화는 그분께만!
그 평화를 영원처럼 춤추는 비둘기 떼―
시리도록 푸른 하늘에서 쏟아지는 양광,
그분의 눈길―

흘러가는 길

깊은 골짜기의 개울물은
그저 제 갈 길로 흘러갑니다.
누구의 눈에 띄기를 바라지 않고,
바쁠 것도 없지만 머물러 늦출 일도 없이,
제 물무늬를 이루며 흘러 흘러갑니다.
자신이 이룬 물무늬를 돌이켜 보는 일 없이,
지나온 길목을 기억할 일도 없이,
그저 흘러, 흘러 제 갈 길을 갑니다.

언덕 바위 만나 가던 길 막히면 에돌아가고,
너럭바위, 치마바위를 만나면
널널하게 그 위에 머물러 목마름 축여주고,
깊은 웅덩이를 만나면 한동안의 길을 맡깁니다.
목적지가 어디인지 묻지 않습니다.
언제 어디서 끝날 길인가를 알려고 하지 않습니다.

느닷없는 절벽 낭떠러지 만나면
망설임 없이 전신을 던져 산산 부서져도,

흘러, 흘러 평지에 이르러 절벽을 잊고,

잠깐, 숲 그늘에 잠기며 새들 노래 어울려
구름무늬 이루며 흘러갑니다.
흐르면서 흘러가면서
더러는 물살이 소리를 만들고
더러는 물무늬가 햇빛 아롱으로
기쁨에 겨워 춤을 추다가도,
기쁨에도 서러움에도
미련을 두지 않고 흘러갑니다.
서둘지 않고 늦추는 일도 없이
쉬지 않고 흘러갑니다.

청지기로 남아

당신 떠나신 지 8년,
이 넓고 깊은 집에,
홀로 청지기 되어 살라 하시고 홀홀 떠나신 당신,
혼자된 늙은 수녀처럼,
앞도 뒤도 생각지 말고 살라 하셨나,
독하고 독한 현세(現世)의 이빨에 물린,
극심한 가난, 고초, 신산, 오해, 박해, 원통함, 억울
함…….
남은 삶을 그렇게 대끼고 대껴,
순하고 맑은 영혼 되어 오라 하심인가?

하늘나라 천국,
아바 아버지, 사랑의 나라,
예수, 그분이 믿으신 아바의 사랑,
그 사랑을 딛고 우리에게 주신 약속,
하늘나라 소망, 그 약속만을 믿고,
혼자서도 잘 지내다가,
이승의 미련 깨끗하게 버리고 떠나오라고,

이렇게 하늘만을 바라보라고,
하늘길을 열어주신 운명의 당신,
먼저 떠나
하늘길을 열어주신 당신—

칠흑 같은 밤

영혼의 어둔 밤,

빛을 만난 일이 없던 것처럼,

보이지도 들리지도 닿지도 않는 어둠뿐,

처절한 외로움에 떨고 있을 때,

"우리의 어둠이 아무리 깊어도 그분보다 깊지는 않다.

그분은 죽은 자 가운데서 살아나셨을 뿐 아니라,

죽음의 의미를 바꾸셨고, ……모든 죽음,

곧 부활을 예고하시며 죽음의 일부, 그

고통의 의미를 바꾸신 분…… 그분의 어둠……" (코리

텐 붐 1892-1983)

묵묵한 시선(視線)으로,

그러한 나를 바라보시는 그분은,

더 처절한 외로운 눈빛으로,

'얼마를 더 기다려야, 너는 나를 알아보겠니?

얼마를 더 견뎌야,

너는 의심 없이 내 품으로 뛰어 들겠니?'

영혼을 질식시킨,
절벽 같은 외로움에 떨고 있는 나를 향해
나보다 더 외로운, 절절한 눈빛으로,
간절하게…….

어린 새의 가르침

아침 해 수줍게, 아침놀 이루며 올라옵니다.
새벽 고요함 조심스레 밀어 올리며
해가 올라옵니다.

문득 어린 산새 한 마리,
햇빛 속으로 날아오릅니다.
날이 밝았다고, 아침 해 솟아올랐다고
만상(萬象)이 눈뜨라고, 눈을 뜨라고…….
맑고 맑은 생명 진동……
창천 아래, 대명천지,
모두가 살아있음이라고!
생명 어울림이라고!

어린 산새 한 마리
새롭게 열린 하루를,
목숨 열어 가르칩니다.
오늘, 하루,
어린 산새의 날개에 얹혀 하늘로 나릅니다.

비상(飛翔)!
그분 계신 곳으로 날아오르라 합니다.
다시 열린 하루의 기적을
그렇게 가르칩니다.

야명조(夜鳴鳥)의 맹서

히말라야 높고 높은 설산(雪山)에,
밤에만 우는 야명조(夜鳴鳥)가 있습니다.
추위 에이는 밤이면, 혹독한 추위에 떨며
스스로에게 다짐하며 목숨 바쳐 우는 야명조,
슬픈 새의 이름입니다.
'이 밤만 무사하게 넘기고 내일 해가 떠오르면
집을 지으리라. 반드시 집을 짓고 말리라.'

하지만 날이 밝아 눈부신 햇살 비추면
밤새 얼었던 몸 녹이며,
전날 밤, 목숨 다해 다짐했던 일 까맣게 잊고,
하루 종일 그날이 영원인 줄 알고 즐겁게 놀고 놀다가,
얼음산에 다시 밤이 들어,
추위에 떨며 둥지 없이 헤매다가,
집 없는 야명조의 둥지를 짓겠다는
떨리는 맹서 다시 이어지고……,

밤에만 우는 야명조처럼

나의 기도는 내일로 미루어지고
나의 예배는 내일로 미룬 맹서는 아닌지—

영혼이 추위에 떨며,
내일 기도의 집 짓겠다는 맹서를
햇살 아침에 다시 잊어버리는……
한 마리 야명조가 아닐는지……

그 꽃의 이름, '사랑해 주세요'

만물의 근원이신 분,
만물로 현존하시는 분,
만물의 뜻으로 계시는 분,
만물의 형상을 이루시는 분,

저는 그 만물 속에서 생명 하나로 눈을 떴습니다.
지금 우주보다 크신 주님 안에서 눈을 떴습니다.

'유추프라카치아'라는 이름을 가진 꽃이 있습니다.
"사랑해 주세요." 외로운 꽃의 이름입니다.
살짝 건드리고 떠나면,
시름시름 앓다가 죽는 꽃입니다.
다만 건드렸던 사람이 계속해서 만져주면
더욱 아름답게 피는 꽃이라 합니다.

주님, 부디,
주님의 손길이 저에게서 떠나지 마시옵소서.
시들어 죽지 않도록…… 떠나지 마시옵소서……

벌새의 심장

벌새들이 넘논다.
엄지손만 한 새들,
허허창천이 두렵지 않다.
하늘이 내 집인 듯 넉넉 날렵이다.

지구상 온열(溫熱)동물 중,
손가락만큼 작은 몸체에 비해,
아주, 아주 가장 큰 심장을 가졌다는 벌새,
몸체가 온통 심장인 양,
살아있음을 뜨겁게 날아다니는 벌새,

그분께로부터 받은 심장,
알뜰하게 간직하고,
목숨 다한 사랑,
심장에다 두고 아로새겨,
더 할 수 없는 뜨거움으로 한세상 거침없이 날며,

날카로운 부리로 먹이를 찾고,

공격해 오는 적을 겁 없이 무찌르는 뜨거운 심장,
그렇게 뜨거운 한세상 거침없이 살다가
그분께서 오라 하실 때,
그 심장은 꽃으로 활짝 피어나,
사랑, 한세상을 그 꽃에 담아다가
기다리시던 그분께 바쳐지리.

벌새를 닮고 싶지만……,
세상살이 힘겹다고, 너무 힘겹다고
심장의 온기를 잃지는 않았는지.
한없이 기다리시는, 그 세상을 향한 내 심장의,
그리움의 온도는 어느 정도일까……

그분을 향한 나의 심장은
내 몸피에 비해 얼마만할까,
그분을 향한 내 뜨거움을
얼마만큼 드리며 살고 있는가.
내 영혼에 과연 날카로운 부리가 있어,
그분의 뜨거운 가슴을 쪼아 먹고 있을까.

4부

눈물의 텃밭에서

당초에 희망이 무엇인지 몰랐습니다.
귀에 들리는 것도 없었고,
눈에 보이는 것도 없었습니다.
두 손 허우적거려도 닿는 것이 없었습니다.
어둠뿐이었습니다. 아무도 없었습니다.
울고 울며,
슬픔과 외로움만으로 양식(糧食) 삼았습니다.

그러던 어느 날,
희미한 빛살 같은 시선(視線) 한줄기 다가왔습니다.
누구인가의 눈길이었습니다.
거기 깊고 깊은 눈물이 어려있었습니다.
그분이 나를 가슴에 품고,
내 아픔을 아파하시는
그이의 눈길이었습니다.

그 눈물의 텃밭에 심겨진 것이 있었습니다.
그 기도에 심겨진 따뜻한 것이 있었습니다.

희망이라는 씨앗이었습니다.

그분이 나를 바라보시며,
내내 눈물 흘리고 계신 것을 몰랐습니다.
그분이 나를 품고 기도하고 계신 것을 몰랐습니다.
그 가슴에 심겨져 있는 희망이
나에게 이식(移植)된 희망의 묘목임을 몰랐습니다.
눈물샘을 따라 나에게 흘러온
희망이라는 싹이 자라고 있는 것을 몰랐습니다.

눈물에게

이제 어디로 숨어
얼비쳐 슬픔 출렁이던 세상마저
목마르게 만들며 숨어버린 눈물,

세상살이 모든 것이 슬픔에 겨워,
그 세상을 눈물로만 읽다가,
이제 그 눈물마저 말라버린
영혼의 갈증으로 목이 타는 세상.
죽으면 썩어 없어질 몸뚱이,
화학물(化學物) 열두 관 몸뚱어리 껍데기에서
오직 한 길,
영혼을 향해 다가가던 눈물 한 방울.

영혼이 잠깐 머물러 위로받던 눈물 골짜기
이제 어디로 숨어,
황량한 가슴속 먼지가 농무(濃霧)를 만드는 광야,
영혼도, 목마르고 목마르다, 목이 타고……
"내가 네 기도를 들었고, 네 눈물을 보았노라.

내가 너를 낫게 하리니……" (열왕기하 20:5)

그분께서 보시게 될 눈물 한 방울
낫게 하시겠다는 눈물 한 방울……
마지막 구원, 눈물 한 방울
어디로 숨었는가, 눈물 한 방울…….

마지막 날개

날이 가까워 옵니다.
죽음의 문턱이 때때로 눈에 보입니다.
문득,
숨을 거두는 순간 어떤 일이 일어날까?

아! 이승을 떠나는 순간,
영혼에서 날개가 돋아납니다.
영혼에서 날개가 돋아납니다.
내 영혼에 날개를 달아주시는 분, 예수.
그렇게 영혼이 날개를 얻고,
날아 올라가는 그곳,
하늘나라, 천국!

— 하나님께서 죽은 자들 가운데서 살리신 그 아들, 곧
장차 내리실 진노 가운데서 우리를 건져주실 예수께서
하늘로부터 오시기를 기다리는…… (데살로니카 전서 1:10)
— 그리스도께서는 죽음을 폐하시고, 복음으로 생명과
썩지 않음을 환히 보이셨습니다. (디모데 후서 1:10)

생살 벗기는 고통으로

십자가 앞에서 육신 무너진 뒤,
영혼이 눈을 떴을 때,
"당신이 하나님을 참되게 알았을 때,
하나님은 그대들에게 동요와 불안을 주실 것이다.
참되게 하나님을 만나면 그때부터
십자가에 몸이 찢기는 아픔을 겪게 될 것이다" (폴 끄로
텔의 고백)

십자가에 육신이 찢기고, 영혼 위에 해일이 덮치는
새로운 고통으로 오는 새로운 삶.
은혜에 눈뜬 다음 삶에
생살 벗김 같은 고통이 끊이지 않고 이어져.
우리 영혼에, 주님 사랑의 불꽃이 지펴지면,
사랑의,
진리를 찾기 위한 몸부림이 죽을 때까지 이어져―
나의 몰골이 보였고,
내 걸어온 삶의 족적이 얼마나 허망한 것인지,
내 저지른 죄가 얼마나 끔찍한 것인지를 깨달았으니,

자신과의 처절한 싸움이 생살 벗김이었습니다.
기적은, 사랑은, 자신의 죄를 볼 수 있는
영혼의 눈이 열리는 그 한 가지였습니다.
생살 벗겨지는 그 고통이 은혜였습니다.

쓰디 쓴 뿌리를……

봄 여름 가을까지, 매일 씨름하듯 김을 맵니다.
날 풀려 햇볕 눈부신 나날,
눈만 뜨면 밭에서 김을 맵니다.
잡초라지만 나름대로 살겠다고 솟아 오른 풀들을,
제자리가 아니라고 뽑고 또 뽑아냅니다.

그러던 어느 날, 내 안에 무수하게 솟아난
무성한 쓴 뿌리가 홀연 나타났습니다.
어느덧 심성에 깊이 박힌 쓴 뿌리 여러 갈래…….

매일 김을 매듯 그렇게 뽑았어야 할,
쇠기 전에 뽑았어야 할 것들 차일피일 두었더니
그 뿌리 너무 질겼습니다.

내일부터 성령의 호미를 들고
그 쓴 뿌리부터 캐어야겠습니다.
밭일, 마당 김매기 우선이 아니라,
내 안의 쓴 뿌리부터 캐어야겠습니다.

하늘 호미를 들고 계신 성령께
무릎 꿇고 간청합니다.
내 안의 쓴 뿌리들……
아바께서 들고 계신 호미로 캐어 주소서

해악의 쓴 뿌리

오래도록 해악을 끼쳐 왔던 사람,
어제 뜻밖의 자리에서 마주쳤을 때,
미끄럽고 환하게 웃으며 인사를 건네 오는데,
마주보고 인사를 나누었지만
아무래도 내 얼굴이 정직한 얼굴은 아니었지 싶네……
마주 웃어주는 웃음이 찌그러지지는 않았을까……

돌아와 내 자리에 좌정하고 보니,
아, 이 일을 어떻게 하나,
우리로 하여금 "나라가 되게 하시어
아버지 하나님을 섬기는 제사장으로 삼아주신"
그분이 지켜보고 계신데—
나는 그때,
하나님의 얼굴을 바라보아야 했을 그때,
해악의 쓴 뿌리에 얽혀있었습니다.
아, 이 일을 어떻게 하나—

평생의 빚

실파람 한 올, 쌀 한 톨,
내 것이랄 것 없는 한세상을 살았습니다.

이 세상에 태어나, 참으로……
기나긴 한평생 너무도 많고 많은 것을
빌려 쓰고 얻어 쓰면서,
미안할 줄도 모르고,
진정 고마운 줄도 모르면서
당연한 듯,
그렇게 많고 많은 것을,
오직 이 한 몸 열두 관 몸을 위해,
한없이 먹고 마시고 입고 쓰면서 훑고 왔으니,

태산보다 높은 빚
이 한 몸으로 어떻게 갚겠습니까.
그저……,
제가 주님께로부터 와서 주님께로 돌아가며,
저는 솜털 끝 한 올 제 것이 없었음을 고백할 뿐……

제 평생의 빚과 죄를 탕감해 주시는,
아바, 주님만 바라봅니다.

밥풀 한 알

불도 밝히지 않은 기도실에 엎드려
두 손 맞잡았습니다.
그런데 언제 흘렸는지,
옷깃에 묻었던 밥알 하나,
맞잡은 손끝에 붙어있습니다.
기도의 자리 가로거치는 밥풀 한 알
입에 넣자니 먹을만한 것 아니었고,
버리자니 가볍게 버릴 수 없던……,
어쩌다가 입으로 들어가지 못하고 때를 놓친 밥알 하나.
그 이상한 밥알 하나.

문득, 나야말로,
그분 앞에서 입으로도 들어갈 수 없고,
미련 없이 버려지기도 쉽지 않은,
때를 놓친 밥알 한 알은 아닐는지—
먹혀야 할 때 먹히고, 버려져야 할 때
분명하게 버려지는 존재로 살아남기—
밥알 한 알이 가르칩니다.

참혹한 실패자

저의 참혹한 실패가 세상 웃음거리 되었습니다.
무고하게,
더러는 애매하게 짓밟혀 억눌려 찢어진 나를 두고,
악의(惡意)의 사람들이,
자신들의 승리라고 희희낙락입니다.
그들의 기고만장을 묵묵하게 지켜보시는 주님,

주께서 저의 무엇을 얼마만큼 믿으셨기에,
저의 인내를 정금처럼 다지시려고
이런 참담한 실패에다 저를 던지셨습니까.

아니면,
아직도 쓰셔야 할 일이 얼마나 남아있더이까.
그래서 저의 숨겨진 탐욕과 허영을,
피 묻은 살 껍질 벗기듯, 벗기시려 하십니까.

주께서 눈물 흘리시며,
저의 허물을 벗기시는

가혹하고도 맹렬한 사랑 앞에
이제 두 손 들고 나아가겠나이다.
가혹하고도 맹렬한 사랑 앞에
두 손 들고 나아가겠나이다.

과분하고 과분하여

과분하고 과분합니다.
이 자리 이 공간, 이 시간,
저의 목숨이 과분합니다.
숨 들이 쉬고 내 쉼이 과분합니다.

이 아침의 맑은 해가 저리 찬란하고,
그 찬란함을 여한 없이 바라봄이 과분한 복입니다.
새날 열렸다고 지저귀는,
저 새들의 노래 들리는 이 귀가
너무 보배롭고 과분합니다.
잠을 깬 봄꽃들이 하늘 향기로 퍼지는 이 향기로,
천국의 문을 열어주니
눈시울 뜨겁고 뜨거울 뿐 너무 과분합니다.

매일 매 순간, 온 우주 안의 모든 것을
아낌없이 내어주시는 아바 아버지.
저를 "내 것!"이라 불러주신 사랑이,
진정 너무 떨리도록 과분합니다.

삼라만상 온 우주 안에서,
저를 "내 것"이라 불러주시는 분…….
과분하고 과분합니다.

내 죄 보이는 기적

저절로 살아가는 줄 알았습니다.
내 힘으로 살게 되는 줄 알았습니다.
어디서 와서 어디로 가는지도 모르면서,
어딘가로 무작정 가고 있었습니다.
이리 부딪치고 저리 쏠리면서,
그것이 살아가는 것인 줄 알았습니다.
원망, 증오, 좌절, 핑계, 게으름,
뻣뻣한 잣대를 내 것으로 알고ㅡ

날마다 죽여도 계속해서 쳐 올라오는 타성,
한도 끝도 없이 쳐 올라오니
도대체 그 바닥은 어디까지 입니까.

그러나 이 몰골 보이는 것이 기적입니다.
내 꼴을 볼 수 있는 것이 기적입니다.
내 꼴을 볼 수 있도록 허락하신,
기이한 사랑, 기적입니다.

타락

절박할 것이 아무것도 없는,
내 핏줄 외에 이웃이 보이지 않는,
세상천지 여기저기서 터지는 재앙이
나하고는 상관없다고, 두려워할 것 없다고……
뉴스 영상으로 가볍게 흘려버리는,

배고픔도 추위도 없는,
비단 이불 속 따뜻함에 취해,
거리에서 떨고 있는,
성냥팔이 소녀를 꿈에도 볼 줄 모르는,
궁금할 것도 두려울 것도 없는,
그래서 나만은 구원받고
축복받은, 선택된 자라고 믿는,
애급의 파라오의 고기 가마 곁에서
넉넉한 마늘과 파를 즐기며,
인생 한평생이,
한숨처럼 스러진다는 것을 모르는
이것이 마지막 타락입니다.

5부

쓸쓸한 그분

휴일이라고 하는 일요일 새벽.
대도회 아파트 숲은
피곤과 숙취에 절어 깊은 잠에 빠지고.
한주일 내내 숨차던 빌딩들도 시무룩 잠들어―
으리으리 어마어마한 빌딩 그늘 아래
일회용 종이컵, 음료 페트병들,
미련 없이 내던진 것들이 나뒹굴고.
한때 사랑이라고 믿었던 사람도 저렇게 버려지겠지.

사람 태어난 한 생(生),
유한하지 않은 것이 어디 있을까.
철옹성 같은 고층건물 그늘에서,
현재를 영원으로 알고,
밤새워 마셔댄 숙취에 비틀거리며,
부둥켜 안고 있는 미망(迷妄)의 연인 한 쌍―
인간 운명의 외로움 달래던
안타까운 연정(戀情)도 일회용이었을까.

일회용으로 버려진 쓰레기에서
재활용품을 건져내는 허리 구부정한 노인 하나
그 노인과 함께, 혹시 쓸만한 것이 있을까
이 새벽에 일회용이 아닌
사랑 찾으시는 그분,
쓸쓸한 그분.

무엇을 거두셨습니까

새벽 어둠 속에서,
성엣장 눈부시게 얼어붙은 창에,
이마를 얹고 눈을 감았습니다.

만 77년 전 새벽 이 시간,
어머니 태를 떠나 이 땅에 던져졌을 때,
아들 아닌 딸로 태어나,
어미를 절망에 빠뜨린 가난한 목숨,
이 핏덩이에게
젖도 물려주지 않던 엄마 옆에서 악장치듯 울던 딸…….

주님, 무엇을 거두셨습니까.
저의 삶에 무슨 열매가 있었습니까.
오해의 소용돌이 바다에 던져져
오직 목숨 하나 부지하며 건너오던 저에게서
무엇을 거두셨습니까.

주께서 "너는 내 것이다" 낙인(烙印)찍어 주셨건만,

비루먹은 짐승처럼 살아온 저에게서
도대체 무엇을 거두셨습니까.

다만 이따금 소스라쳐 눈을 뜨면,
저를 에워싼 천군과 천사,
기도의 황홀한 구름에 안겨 있음을 알게 하시는
기적을 보여주셨습니다.
이 시간쯤, 젖도 못 얻어먹고 가족 모두에게
실망과 절망을 안겨주며 태어난 딸,
이제 당신의 나라로 부르실 그때까지
무엇을 더 거두시겠습니까, 주님…….

슬픔이 구원임을……

주님, 무엇을 더 요청하겠습니까.
이 위에 무엇을 더 얹어 주시라 간구하겠습니까.
남편과의 사별(死別), 오 년.
주께서 저를 홀로 남겨두셨다고 생각되던 그 오 년.
홀로 남겨졌다고 탄식했던 슬픔의 기간,

이제 돌이켜 보니 걸음걸음이 기적이었습니다.
넘치고 넘친 은혜요 기적이었습니다.
저를 버려두시지 않으시고,
슬픔이 구원임을 알려주시고,
외로움이 하늘문을 열어주는 열쇠임을 가르쳐주신……
이제 이 자리에 이르러 제가 무엇을 더 바라리이까.
오직 이 못난 것에게서 거두실 것을 아직 남겨두셨다
면
그 뜻만을 거두소서.

은혜와 기적 위에 세워주셨으니
무엇을 더 바라리이까.

제가 여기 있나이다.
무엇을 더 바라리이까.
주님의 뜻만을 거두소서. 주님!

꽃이 피리라

끊임없이 달려드는 핍박과 오해와 짓이김—
모함과 날조, 거짓투성이,
정의와 평화를 함부로 허무는 자들에게 에워싸여
사방으로 욱여싸임 당하고 짓밟혀,
고난의 즙은 끝없이 흐르고,
고통의 진액은 핏빛이 되어,

때로 홀로 앉아,
무연히 그 진액과 즙액을 내려다보며
주님은 이 진액과 고난의 즙을 무엇에 쓰시려는가……,
그 진액을 찍어 주님을 증언하라시면
이 몸이 진액으로 다 녹아도 아까울 것 없건만—

막다른 골목, 절벽 같은 자리에서도
우리들 삶의 도상(途上)에서
그날이 손짓하고 있는 것을 볼 수만 있다면—
그날을 바라보며 견딜 수 있게 하시는,
오직 그 약속만을 향하여 무릎을 꿇고,

창조의 원리가 회복되는 그날이 오면,
그분의 공의(公義)로,
약육강식이 없어지는 그날이 오면,
지금까지 흘린 피와 고난의 즙과 고통의 진액에서
꽃이 피리라. 꽃이 피리라.

가지치기

주님, 기도하려고 엎드리면
너무도 복잡한 내면이 흙탕물처럼 일어납니다.
쓸데없는 잔가지가 여기저기 솟아나,
무슨 나무인지 이름도 알 수 없는
이상한, 이름도 모를 나무들이 서 있습니다.

오직 한 길, 오직 한 생각, 오직 한 곳을 향하여
한 방향으로 안존하게 서 있지 못하는 나무입니다.
느낌, 생각, 의식, 인식 등,
육신의 무늬로 일어서는 것들······
들고 일어나는 것들이 뭉게구름입니다.

과수원 농부는 실한 열매를 얻기 위해
과감한 가지치기를 합니다.
실한 열매를 얻기 위하여
부실한 열매는 가차 없이 따버립니다.

저의 삶에서 가지치기를 하실 수 있는 오직 한 분!

부실한 열매를 솎아내실 오직 한 분,
지금 저를 내어드립니다.
가지치기와
부실한 열매를 솎아 내소서.
솎아 내 주소서,
부디—

나는 너무 시시해요

이 세상의 슬픔을 다 슬퍼하기에 나는 너무 작아요.

이 세상의 아픔을 아파하기에는 나는 너무 두꺼워요.

이 세상의 아름다움을 다 알아보기에는 내가 너무 둔해요.

이 세상의 기쁨을 더불어 기뻐하기에는 내 가슴이 볼품 없어요.

이 세상에서 벌어지는 악과 불의를 응징하기에는 내가 너무 비겁해요.

나는 그저, 풀섶에서 아무렇게나 피어난 이름 없는 풀꽃처럼 살고 싶어요.

그 풀섶으로 빛도 찾아오고 달빛도 내리며 바람도 들려가는—

그저 누구의 눈에도 띄지 않고 살아가는 아주 작은 풀꽃처럼 살고 싶어요.

"모든 육체는 풀이요, 그 모든 아름다움은 들의 꽃과 같으니, 풀은 마르고 꽃은 시듦이 여호와의 기운이 그 위에 붉이라. 이 백성은 실로 풀이로다. 풀은 마르고 꽃은 시드나 우리 하나님의 말씀은 영영(永永)히 서리라 하라. —"(이사야서 40:6-8)

행로(行路)

똑바로 걷기가 그리도 어려웠는지
지나간 날의 내 발자국 돌아보니
이리 비틀 저리 비틀.
때로는 넘어지고,
어느 때는 누가 떠밀지 않았는데도
고꾸라졌던 길로 뒷걸음 치고—

때로는 향방 없이 정신 놓고 앉아 있다가
멀리 푸른 언덕에 십자가 어렴풋이 바라보여,
'나는 얼마나 더 용서를 구해야 할 존재인가'
죄의 수렁, 그 바닥의 깊이를 알 수 없는 저를
묵묵하게 일으켜 세우시는 그분을 멀거니 바라보다가

주께서 제게로 다가오신 그 발자국이
피 묻은 발자국임에 눈이 뜨여……
무릎 꿇었습니다.
다시 일어나 똑바로 걷게 해주십사,
바로 걷게 도우소서.

매달려 눈물 간구로 무릎 꿇었습니다.

원수의 거울

원수가 내 기도의 문을 열어주었습니다.
원수가 내 등 떠밀어 무릎을 꿇게 만들었습니다.
원수가,
원수가 내 앞에 거울 치켜 들이밀어.
내 부끄러운 얼굴,
구겨지고 일그러진 얼굴을 비춰주었습니다.

원수를 쓰시는 분
원수를 버리지 말라하시는 분,
원수를 사랑하라,
기막힌 명령을 내리시는 분,
원수가 내 삶에 머물러 있는 동안,
그가 내 생명만 건드리지 못하게 하시고,
내 삶을 대끼도록 쓰시는 분,
아바, 아버지.
아바 아버지께서 원수를 들어 쓰시며,
나를 다스리십니다.
내가 생명의 빛에서 비켜가지 않도록 지켜주십니다.

"죽음에서 내 생명을 건져주시고, 내가 생명 빛을 받으면서 하나님 앞에 거닐 수 있게 내 발을 지켜주십니다" (시편 56:31)

원죄의 그림자

벗겨내고 또 벗겨내도
다시 생성(生成)하는 자아(自我)의 두꺼운 껍질,
원죄(原罪)의 그림자인가. 끊임없는 생성의 고리,
끊어지지 않는 생성의 고리, 자아. 그 원수―
남의 눈을 의식하며
속세(俗世)를 휘젓고 일어나려는 허욕(虛慾).
죽음에 이르러서야 숨죽일 속성인가,
무엇으로 이 질긴 뿌리를 뽑아내고
무엇으로 이 껍질을 벗겨내랴.

죄 없으신, 죄가 묻지 않는,
내 눈으로 감히 바라볼 수조차 없이 투명한,
아니 그것조차 의식할 일 없는,
그분의 마음 안에 들 날은 언제인가
원죄의 그림자 지워주실……
그날은 언제인가

거울

눈만 뜨면 삼지 사방 널려 있는 거울,
외로 서도 거울, 바로 서도 거울,
세수할 때, 손 씻을 때, 목욕할 때,
거리의 상점 유리가 전부 거울입니다.

젊어 한때, 눈부신 젊음을 보여주고 또 보여주던 거울,
이제는 시들어가는 육신 비웃듯 흐릿합니다.

하지만 이제 정녕 그리운 것은
오직 주님 한 분, 그분의 빛.
세상 거울 아니라, 주님께서 주실 빛의 거울.
그 거울에 저를 비추어 주실 그분이 그리워……
세상 거울에 들어나던 허황된 자아(自我)에서 벗어나,

오직 내 영혼의 거울이 되실 분……
세상 거울, 수은을 입힌 수은 지워내시고
주님의 빛 가운데 드러나는,
순연한 한 영혼을 만나게 해주소서, 주님!

반납

단정치 못했던 온갖 죄.
잔머리 굴리기, 생각의 부스러기.
지나온 삶
그 모든 어지러움 어디에 버릴고.
그 어떤 흉측함도 묵묵하게 받아주실 분,
주님의 십자가.

슬퍼하시며 묵묵하게 반납받으시는 분
비틀리고, 뒤집히고, 때 묻었던 삶,
악취 나는 것들을 더럽다 아니하시고
측은해하시며 받으시는 분,
어지럽고 복잡한 저의 삶을,
외면하지 않으시고 받으실 분은 주님.

반납 후에 만나는 죽음도,
주께서만 허락하실 평화와 안식.
그렇게 영원한 품을 열고
한없이 기다려 주시는 분, 주님―

옷자락 한끝

주님, 저는 죽지 않겠다네요.
아직 죽을 수 없겠다네요.
죽어서는 안 되겠다네요.

아직도 시퍼렇게 살아있는 내가
이것도 저것도,
세상 온갖 일에 간섭하고 참견해가며
계속해서 살아야겠다네요.

하잘것없는 고정관념, 너절한 습관,
비겁한 핑계, 엉뚱한 자만심,
그것들 모두가 내 것이라고,
그래서 죽을 수가 없다 하네요.

혈루증보다 더한 회의(懷疑),
허무, 절망을
평생 피흘려가며 살던 저는,
지금, 주님의 옷자락에,

가까스로 손 내밀어,
주님 옷자락을 몰래 잡아보려 합니다.
옷자락 한끝만이라도…… 몰래…….

6부

먼동

먼동
겨울 새벽길 나그네,
추위에 움츠러드는 발길,
문득 멈추고 서서
어스름 미명(未明) 천지를 향해 머리를 든다.
아슴, 아슴 아득한 능선
한밤 묵상에서 서서히 실눈뜨고.

먼동,
여름살이 살아낸 풀잎에 덮인 서리,
지상에 내려앉은 은빛 별무더기,
밤샘한 별들의 꿈으로 반짝이고

등성이가 살아나고,
둥지의 새들이 꿈속에서 부스럭……
만물이 제살이의 숨 고르는 미명(未明)

저녁이 되고 아침이 되니……

저녁을 거쳐, 지상(地上)의 모든 생명에게
고루 숨결 나누시는 아바의 먼동, ……미명.
겨울 나그네의 길이 열린다.

새벽의 다락방

새벽 어둠,
칠층산(七層山) 같은 계단 두 고팽이.
기도실로 오르는 길은 내 삶의 천근 무게,
회개의 걸음,
천근 무게로 딛고 올라가는 기도실 계단.

오직 하나님의 빛이 아니고는
태워버릴 수 없는 칠죄종(七罪宗)을 안고
계단 하나에 교만을 태워주소서,
계단 둘에 인색함을 태워주소서,
계단 셋에 음욕을,
네 번째 계단에서 분노를,
다섯 번째 계단에서 탐욕을 태워주소서.
여섯 번째 계단, 일곱 번째 계단에서
질투와 게으름을 태워주소서.
죄 짐을 하나씩 벗도록 태워주소서.

다락방 기도실에 올라가 불을 켰을 때,

그렇게 반짝 불이 밝혀지면
작고 초라한 움막 기도실에서
기다려 주시던 분,
불빛을 반겨 미소로 맞으시는 분.
기다리고 기다리시다가
나의 새벽을 깨워주시고,
다락방 불빛을 반겨 웃으시는 분.
끝까지 영원으로 기다려 주신 분.

신비여! 신비여!

어찌 그 신비를 말로 옮길 수 있으리이까.
어찌 그 감격을 글로 옮겨 적을 수 있으리이까.
하나님께서 육신을 입고 사람 되어 오신 그 일.
살이 찢겨 피를 흘리시고,
뼈가 꺾여 나무에 달리신 그 일.
십자가의 형상, 땅의 언어가 아닌 그 기적을—

부서지기 쉬운 우리,
툭하면 변하고,
잠깐 등져 돌아서는,
우리를 긍휼히 여기신 그분의 십자가,
죽음으로 일깨워 주시지 아니하시면
이 죄의 태 덩어리가
어찌 그 신비 앞에 눈이 열리겠습니까.
신비여! 신비여!
우리 영혼의 눈을 열어 주소서.

또 염치없이

다시 주님 앞에, 머뭇거리고 머뭇거리다가
저의 더럽혀진 발을 내려놓습니다.

'이승살이' 닿는 대로 허둥대고 헤매며
미움, 질투, 오해, 탐욕, 이기심, 변명, 자기 합리화,
온갖 것을 묻혀 더럽혀진 발을,
부끄러이 주님 앞에 내어놓습니다.

어제도 그제도 그렇게 내어드려도
묵묵하게 내 발을 씻겨 주시던 주님의 등 위로
뜨거운 눈물 뚝뚝 흘리면서도
저는 오늘도 또 발을 더럽히고
그 더러워진 발을 주께 내어드립니다.

염치없이, 염치없이
보혈로 죄값 탕감해주신 주님 앞에
오늘도 또…… 오늘도 또……
염치없이, 염치없이……

저의 더럽혀진 발을 내려놓습니다.
주님…….

그분 기다리시는 곳으로

미명의 새벽.
기도실로 올라가는 일곱 계단 오르다가
어둠에 묻힌 창틀에 이마를 기대고
어둠에 묻힌 숲을 바라본다.
하루를 품은 새벽의 고요함.
한밤의 영원과 무한,
만상(萬象)의 숨결을 고르는 미명(未明).

가물가물 별 하나,
풀잎 한줄기도 밤의 묵상으로 고개 숙이고……
들숨과 날숨이 맞물려
무한영원을 이루는 미명(未明).

거기 내 숨결이 스며들어 어우러지는,
평화, 충일, 성결, 구원이, 영원을 향하고 있네.
미망(迷妄)의 속세를 벗어나는……
생멸(生滅)이 함께 스러져
무위적정(無爲寂靜)으로 들어가는

적멸(寂滅)……

그분이 기다리시는 곳으로……

하늘 양탄자

우리 인생들은 더불어 살면서
하나님께 드릴 하늘나라의 양탄자를 짜고 있습니다.
출생, 성장, 부모 형제, 친척, 스승, 친구, 이웃……
모두 더불어 살면서
하늘 양탄자 무늬를 이루어 갑니다.

사랑한다 하면서도,
애간장 녹을 만큼 사랑한다 하면서도,
더러는 상처를 안겨주고,
더러는 빼앗고, 더러는 짓밟는 그들도
하늘나라 양탄자의 무늬가 됩니다.

기쁨도, 슬픔도, 아픔도, 갈등도, 소소한 실수까지도
하나님의 도안(圖案)을 따라
너는 너의 빛깔과 형태로,
나는 나의 색깔과 그림으로,

어울리고 어울려 함께 짜나가는 하나님의 양탄자.

어쩌다가 잘못 나간 실파람 한 가닥은
우리가 함께 바로잡아 이어가야 하는 삶의 무늬.
우리는 각자 우리의 삶을 충실하게 살아
하나님께 드릴 양탄자를 짭니다.
건너뛰지도 못하고, 멋대로 고쳐서도 안 되는
오직 은혜의 도안을 따라
양탄자를 짜는 자녀들입니다.

털어도, 털어도

털어도, 털어도,
제자리에 소리 없이 쌓이는 먼지처럼,
죄는 생각의 자투리를 풀어 담장을 세웁니다.

내 태생, 내 인성, 나의 힘으로는
뽑아낼 수 없는 쓴 뿌리.
성령께서 성령의 핀셋을 드시고
새치라도 뽑듯이 뽑아주시면 뽑힐까.

어떻게 하면,
얽히고 설킨 세상사 다 털어버리고,
그분의 어깨에 내 머리 기대어,
주님의 눈빛만 마주 볼 수 있겠습니까.
아기 같은 마음 되어
주님의 음성에만 귀를 기울일 수 있겠습니까.

스트라디바리

세상 값을 매길 수 없는
바이올린의 이름 스트라디바리,
그중 가장 귀하다는 스트라디바리 하나,
삼백 년의 비밀, 진품 아니라고 난리가 났네.
설왕설래 온갖 방법으로
삼백 년의 비밀,
진품 아님을 밝히려던 눈 뒤집은 사람들……

십사 세기(世紀)에서 십팔 세기에,
소빙하기(小氷下期)를 겪던,
어느 비밀의 숲,
내내, 날 어둡고 햇빛 흐리던 수백 년,
춥고 또 추워, 자라지 못한 나무들 나이테가 촘촘……
밀도(密度) 촘촘하던 생(生)과 사(死)의 나이테,

기나긴 세월,
오직 주검을 겪어가며 살아남은,
나이테 촘촘……

생사(生死)의 촘촘한 밀도에서,
죽어가며 살아난 나무에서 흐르는 소리,
스트라디바리……

빙하기를 겪으며, 느닷없이 벼락 맞았던,
주검을 겪은 나무에서만 흐르는 스트라디바리,
싱싱한 나무에서는 들을 수 없는 그 소리,
스트라디바리,

'앙스트 블뤼테'
앙스트— 불안(不安), 블뤼테— 꽃피움, 개화(開花),
죽음의 어둠 속에 피어나는 꽃, 스트라디바리,
극한의 고난 속에서 눈뜬 열정,
기나긴 주검을 닮은 고통과 두려움을 딛고 일어나,
생명 진액을 뿜어내는, 스트라디바리,

우리 태어나, 그분을 만나,
질고(疾苦)와 주검의 칼에 찔려가며,
우리는 우리의 생명 진액에서
어떤 소리를 내고 있는가.
어떤 울림이,
그분의 영광을 노래하는
스트라디바리가 될 수 있을까.

평안을 주노라

주님, 저희가 봉헌이라는 이름으로 주님께 드립니다.
주님, 세상 소용돌이, 안팎이 어지럽고 시끄러우나,
부디 우리 심령을 고요하게 만들어
이곳에 오시어 좌정하소서.
이 시간, 저희가 모든 것을 내려놓게 하시고
오직 주님께서
나의 영혼을 건져내시어
주님 가슴에서 참 나를 만나는
고요한 성지(聖地)를 만들어 주옵소서.

주님의 것을 주님께 드리는 고백의 자리
고요한 성지 안에서 자신을 다스려 주께 드리는
용서의 구유에 저를 뉘어 주시는
봉헌예배 자리에서
더 이상 세상 것에 묶이지 않는
무한 자유를 얻는
은총의 성소(聖所)를 만들어 주옵소서.

고통 속에 있는 사람들에게
부활하신 주님의 손, 여전히 못 자국 남은 그 손으로
그들의 가슴을 쓸어주시며 "평안을 주노라"
주님 말씀이 고통 속에 스며들어
인생 고난의 피난처가 되게 해 주소서.

고백하는 자리

흙으로 우리 육신을 빚어 주시고,
입맞춤으로 우리에게 호흡을 불어 넣어주신
아바 아버지 하나님.

저희 삶에서, 무엇을 우리의 것이라 여겨,
저희가 제 것을 주께 드린다 이르겠습니까.

저희가 이 자리에 있음은 저희 전 존재가, 삶이,
아버지 주님의 것임을 고백하는 자리입니다.

주께서 이끌어 가시는 우리의 삶 속에서
시간, 만남, 기회, 기쁨, 슬픔, 갈등, 고통,
때로는 어둠조차 주님의 주권 속에 있음을
고백하는 자리입니다.
드리는 자리가 아니라, 제가 아버지의 것임을
고백하는 자리입니다.

하늘 항해(航海)

가을 깊어지자, 그들,
기러기 떼 북쪽을 향해 날아간다.
수만 리 아득한 길 떠나는 대장정(大長程).
선두(先頭)에서 날아가는 한 마리 기러기,
힘찬 날갯짓, 힘찬 신호,
선두 주자(走者)라고 대장(大將)은 아니다.

그날, 제일 힘나는 기러기가 앞장섰을 뿐,
대장은 따로 없다.
선두에 선 기러기의 힘찬 날개의 양쪽 끝부분 깃에서
공기의 저항이 잠깐 멈추어 보톡스 현상 일으키고,
어허! 그렇게 상승기류(上昇氣流) 형성!
그렇게 양력(揚力)이 발생하는 날개 끝으로
두 마리의 기러기가 따라붙고,
그 두 마리의 날개 끝으로,
또 다른 기러기가 따라붙어,
V자(字) 대형(隊形)이룬 일사불란 비행(飛行).

혼자 날 때 시속 110Km/h보다

훨씬 바른 170Km/h로,

71% 더 빠르고

더 멀리까지 날아갈 수 있는 비행(飛行)!

그 비행, 2번째와 6번째, 2군(群)의 기러기들이 "꺼억!
꺼억!" 소리치면

6번째 이후 3군(群) 무리 속의 기러기들이

"꺼억! 꺼억!" 화답,

"잘 따르고 있다, 오버!

돌아보지 말고, 더 힘차게 전진(前進)하라!"

3군(群)의 "꺼억! 꺼억!"은 1군, 2군에게 "잘한다! 오
버 계속 힘내라!"는 함성(喊聲)!

만일 낙오된 기러기 있으면

두 마리의 기러기 재빨리 따라붙어,

다시 합류할 수 있도록 끝까지 끌고 간다.

협력 생존법칙! 하늘나라 생명법칙!

"그에게서 온몸이 각 마디를 통하여 도움을 받음으로
연결되고 결합하여, 각 지체의 분량대로 역사하여 그 몸을
자라게 하며, 사랑 안에서 스스로 세우느니라." (엡 4:16)

대출 현수막

거리마다 모퉁이마다, 힘차게 펄럭이는 대출 현수막.
무한 대출! 재대출! 꾸어주마, 꾸어주마!
얼마든지 꾸어서 써라!
걱정 말고 꾸어서 써라!
여기저기 펄럭이는 유혹의 손짓, 대출 현수막.
이집트 파라오의 손짓,
빵 굽는 화덕이 여기 있다,
마늘 찬거리가 널려 있는데, 거기서 왜 굶주리느냐,
가난을 향해, 핍절을 향해,
얼마든지 꾸어준다고 손짓하는 파라오의 현수막.

우리가 누구인데,
누구의 형상 따라 빚어진 자녀들인데
우리에게 무엇을 꾸어서 쓰라하나,
어디서 누가 왜,
무엇을 얼마든지 꾸어주겠다 하는가.

천지만물, 만인제사장(萬人祭司長)인 우리가

왜 대출에 목말라 널름거리겠는가?
아바께서,
천지간 모든 것을 거저 주시고,
아들까지 내어주신 그분이 내 아바이신데,
무엇을 우리에게 꾸어가라 하는가.
아바께서 모든 것 거저 주시는데,
아바께서 아끼시는 것 없이 거저 주시는데ㅡ.

7부

인사가 낯설어

"쓰신 글…… 은혜받았습니다.
오래도록 묵상으로 되새겼습니다……."
내 이름의 글을 읽었다는 누구인가의 인사—
감동을 받았다는 사람의 인사.

문득 가슴 덜컥 내려앉아
대답 찾지 못하고 어물어물……

그 글의 주인이 과연……
그리고…… 사실 내가 필자라는 말인가.
내가 쓰고 내 이름으로 인쇄된 글이니
내가 과연 필자라는 말인가.

자신이 갑자기 낯설어
무엇을 훔치다 들킨 것처럼 허둥지둥……

글이라는 것을 쓰던 동안에야
진정 진실이 반짝반짝 빛으로 일어나,

쓰던 동안
진실의 울림에 내 영혼 창문 열리고
그 창문 밖으로 지나가는
누구인가를 향해 손을 흔들었겠지만……

내 이름으로 인쇄되어 나간 뒤
언제까지 그 진실이 내 것일 수 있겠는지……
그 진실이 내 속에서 정직한 얼굴로 살아있겠는지……
인사가 낯설어 허둥지둥
인사가 낯설어……

편두통

며칠 사이, 드문드문
바늘로 찌르듯,
더러는 예리한 칼끝으로 슬쩍슬쩍 뜯어내듯
두통이 찾아왔다.
이 나이에, 모든 동갑네들이
거의 다 잃고 있는데,
나 홀로 멀쩡하기를 바라지 않는다.

깜짝 통증은
아직 살아있다는 신호,
잠깐 수인사나 하고 떠나가려니 싶어,
움찔움찔 놀란 척 통증 인사받았는데
내 수인사가 시원찮았던지
편두통이 쉽사리 떠나지 않겠단다.

그럭저럭 한밤중,
잠들어 잊을만했는데
나 태평 잠든 꼴에 심사 뒤틀렸는지

칼날 같은 두통 엄습……
칼끝 날카로운 노크에 벌떡 깨었다.
편두통 통증이, 절로 떠나기만 바랐던
가벼운 인사를 나무라듯……

온 세상, 목숨안고 태어난,
생명마다 겪는 아픔을 너 홀로 모른 척 했더냐……
지금 이 순간도,
죽음보다 깊은 통증으로 뒤틀고 있을 누구를……
너 무릎 꿇고, 그의 아픔을 덜어오는……
아주 작더라도, 그런 인애(仁愛)가 되기를……

그분이 십자가에서
목숨 던져 피 흘리시던,
그 고통의 실마리에 실눈이라도 뜰 수 있기를……
이 새벽, 편두통을 통해 두 손을 모은다.
십자가의 고통이 이루는 인애를 향해
두 손을 모은다.
편두통도 은혜여라―

대도회 네거리

대도회 네거리는 전쟁터.
속도! 속도! 치닫고 내리닫고,
피차가 절대로 지지 않겠다고!
사방에서 달려드는,
온갖 자동차의 살기(殺氣)띤 속력!
영혼에는 금가고, 마음은 산산조각 났어도
아픔도 두려움도 없는,
현대라는 이름의 네거리,

월드컵! 월드컵! 공 하나에 온 세상이 미치고,
미치는 길만이 살아남는 세상인줄 알고,
누가, 누가 더 뜨겁게 미치는가,
함성으로 힘겨루기!

날아가는 공을 향해,
하늘 흔드는 인류의 환호성―
전신을 던져 소리치며,
그것만이 삶의 기쁨인줄 알고,

그렇게 미치는 동안, 이웃은 보이지 않고,

신호등 없는 네거리의 인류(人類),
슬픔도 죽고, 그리움도 사라진 속도의 네거리,
자신의 얼굴이 어떻게 생겼는지,
영혼의 거울 없는 네거리,

그분은 이 네거리 어디쯤에서,
우두커어니…… 우두커어니……서 계실까.

영원한 나라의 큐

현대인들,
대도회에서 제왕처럼 살고 있는 현대인……
온갖 편리를 수종(隨從)부리고 살아가는 사람들이,
날로, 날로,
열광, 열광, 수천 수만 편의 영화(映畵)를,
매일, 달마다 새로 제작되는 영화, 영화를!
백만 천만 관객들이 꼬여들고
화제에 화제작마다 수익금은 천문학(天文學).

유명 감독은 제작자보다 화려하고,
감독, 감독들이 줄지어 탄생,
뜨고 또 뜨는 영화감독.
유명배우들, 제작자들이 목매어 찾아가는
감독, 감독들……

감독……
영화 한 편의 감독은, 배우와 관람객의 제왕이다.

그런데 정작, 오직 한 분,
세상 누구도 따를 수 없는,
누구도 흉내 낼 수 없는
오묘막측한 드라마의 주인이신 분.
그분의 각본을 따라갈 사람 누구인가.
그분의 감독, 큐!
누가 알아보는가.

인생, 각본, 인생 감독,
대우주 안에 펼쳐지는
아바 하나님—
아바의 큐!

묵상 일기

나의 묵상 일기는 매일 드리는 고해성사,
매일 매 순간,
내 생살 벗기듯 나를 벗겨내어
드리고 또 드려도,
죄의 껍질 생성(生成)은 어찌 이리 질기게 이어지는가.

나의 의식(意識), 이성(理性), 영성(靈性)에
끊임없이 때 묻고 흠집 생길 때마다
주님!
사금(砂金)거르듯 씻고 씻어 거르시고
끊임없이 흔들어 흙탕물을 씻겨 주소서,
표류하는 영혼…… 어둠에 갇혀 길 잃은 영혼을,
오직 자비와 은총으로
죄를 씻겨 주시는 피 묻은 손,
그 손으로—

신비의 수수께끼

무릎을 꿇는 것만으로는 모자랍니다.
얼굴을 땅에 대어 엎드리는 것만으로도 모자랍니다.
오체투지(五體投止),
전신을 던져 허물어진다 하여도 당치 않습니다.

살 으깨어져 뭉개지고, 뼈 으스러져 조각난 몸,
영혼이 캄캄한 곳에서 혼절한 고통…….
억겁의 주검을 한 몸으로 안으신 분.

그분의 한없는 슬픔,
희생의 신비, 절대 거룩하심,
그 무한, 무조건 앞에,
이 몸을 어떻게 던지면,
구원의 기적에 값가는 표현이 되겠습니까.

영원한 숙제,
영원 신비의 수수께끼 앞에—
육신에 갇혀있던 내 영과 혼,

그 언덕, 그분의 주검을 매어단
형틀의 나무 그늘로 이끌어 내시어
당신의 살 저미고 피를 뿜어
감옥 문을 깨트리시니,
하늘문 열리고…….

그렇게 영생의 문을 열어주신 분,
그 영생의 하늘로 날아라! 날아라!
구원의 날개로,
아바 앞으로 날아가거라!
그렇게 날아가는 우리를 보시고자 하시는 분,
십자가의 그분—

기적

믿지 않는 사람은 관계없고,
원치 않는 사람은 얻지 못하는 하늘 선물 기적—

인간 세상의 모래밭으로,
눈에 띄지도 않는 모래알 하나처럼
기적은 그렇게 눈에 띄지 않게 섞여있습니다.
간절하게 원하는 사람에게 나타나는 기적은,
지구별로 찾아오시는 그분이십니다.

같은 공간, 같은 시간 속에서
절실하게 원하는 그에게
무한대의 사랑이 되어 다가오시는 분.

사람은 누구나,
곁에 계신 그분과 함께 세상을 걸어갑니다.
때로는 꽃 같은 행복 속에서,
기적의 향기를 누리기도 하지만,
아픔, 슬픔, 두려움, 절망, 원수, 추악함을 겪는 길에서

그분의 피 묻은 손과 발이
지옥 같은 우리의 이승살이를 찾아
우리에게 손을 내어주십니다.

하지만 상관하지 않는 사람은 관계없고,
그분을 원치 않아, 알아볼 일 없는 사람에게는
보이지 않는 신비의 생명 "기적"
보이지 않는 그분을 알아보는,
비밀한 기쁨이 기적입니다.

채찍

얼마를 더 가면 그분께서 맞아주실
새로운 나를 만날 수 있을까.

자아(自我)라는 이 껍데기는 두껍고 괴이하여
한 꺼풀 벗겨 내었는가 하면
모르는 결에 두 겹이 덧씌워지고,
작심하고 한번 깨어 부수었는가 하면,
다시 더욱 단단하게 생성(生成)하는 껍데기,

세속에서 길들여진
습관, 기질, 나태, 제 기준의 잣대가
덧씌워지고 덧씌워져 참혹한 지경에 이르니—
이것 다시 빚어 새 피조물로 만들어 주실 분 아니고는
실로 통제 불능 구원받을 가망 없음이여—

때로 참담한 징계와 채찍,
어떻게 이런 일이! 어떻게 이런 일이!
황망한 슬픔과 두려움에 떨 때,

그 채찍에 묻어 있는 선혈(鮮血)이
내 몸에서 흐른 피가 아니라,
그분에게서 묻어난 그분의 피임을 알아보고……
어떻게 이런 일이…… 어떻게 이런 일이……
피 흘림으로 목숨 던져 건져주신 분,

징계와 채찍은 최상의 사랑, 유일한 기적—
주께서 내게 알맞고, 합당한 징계로 다스리심이
어찌 그리 세심하신지…….

내어버려두지 않으시고
책망, 질책, 징계의 채찍을 놓지 않으시는 은혜,
그래서 나는 아직 희망을 잃지 않고 살아있습니다.
희망을 버리지 않고 살아있습니다.
아바, 아버지—

풀벌레 한 마리

풀벌레 한 마리 가만가만 새벽을 흔든다.
밤 새워 지치지 않고 새벽을 맞는다.
머뭇거리는 어둠을 달래가며
가만가만 새벽을 흔들고 있다.

짧게 태어난 목숨 탓하는 일 없이
제 빛깔 제 목숨으로 소리 내어,
울음이면 울음으로, 노래면 노래로,
한 생을 다 드리는 제 목숨의 물무늬……

잠 못 이루고 뒤척이다
풀벌레 소리에 귀를 기울이다보니
내 몸에서는 아득한 이명(耳鳴)뿐—

잠깐 왔다가는 풀벌레도
제 소리를 다하는데
나는 어떤 소리로,
나만의 목숨,

내 생명을 노래해 왔을까.

종로5가 꽃 종묘상

늦봄 오후, 종로5가, 꽃씨 종묘상 앞,
지하철 환풍구 턱에
지팡이 짚고 걸터앉는 노인
숨이 턱에 차,
꽃씨 종묘상 앞에
가지가지 피어 있는
봄꽃 화분 바라보며
가까스로 숨 고른다.

끊어질 듯, 끊어질 듯
천식 숨 가다듬어가며
주문할 꽃씨 생각……

저 끊길 듯 헐떡 숨으로,
먼지 세상, 생존열기 지옥 같은,
전철 환기구에 걸터앉아,
꽃씨 심고
피어날 꽃을 꿈꾼다.

지게꾼

종합시장 입구
팔아야 하는 사람과
값을 매겨 사야 하는 사람들의 북새통,
산처럼 쌓여 있는, 댓발되는 필육 옷감말이……
종합시장 언저리는 생존열기의 전쟁터—

으리으리한 오토바이 짐꾼들은
느긋하게 손님 기다리는데,
허리 굽은 지게꾼 몇 사람.
행여! 행여!
목 늘여 기다리다가,
오토바이보다 싼값 찾는 손님 맞아,
지게에 얹힌 댓발 필육 지고……
꿇었던 무릎 가까스로 세워 일어나,
목줄기, 관자놀이에 불끈 솟은 힘줄
터질 듯, 터질 듯,
숨까지 끊어질 듯 비틀걸음,
살겠다고, 살아보겠다고……

누가 일렀던가,
삶은 충분히 가혹하다고,
충분히 쓰라리다고!

지게에 얹힌 짐,
가혹한 삶의 무게,
눈물어린 눈으로
바라보시는 분.

뼈들이 일어나, 뼈들이 들고 일어나……

세계 제일, 초호와 대도회
미국 동부, 뉴욕 맨해튼 입구,
미드 타운 터널 좌측에
누더기 닳은 묘역(墓域).
밤낮없이 돈벼락 몰고 치닫는
차량들과 마천루 가운데,
낡고 낡아 삭아가는 오래된 무덤자리.

옛날, 옛날,
마을에서 멀리 떨어진 곳이라고 터를 잡았겠지.
수 만기(萬基)의 낡은 화강암 십자가,
이민(移民) 삶을 살다 땅에 묻힌 허무의 뼈들……

풍우에 삭은 화강암 십자가들이
뼈가 되어 땅을 뒤집고, 흙을 털고 들고 일어나,
약탈당한 삶이 얼마나 처절했던가를,
약탈자로 이를 악물었던 삶이 얼마나 허무했던가를,
기만당하고 기만을 갚아주며 살았던 삶이 얼마나 흉측

했던가를……
　매일 솟아올라,
　지글지글 끓는 태양마저 허무에 숨죽이는 묘역……

아니, 아니
이승을 떠나는 것이 얼마나 황홀한 것인가를,
뼈들이 일어나, 뼈들이 들고 일어나……
수 만기의 낡아 무너져가는
화강암 십자가들의 소리 없는 함성(喊聲)!
주검은 어둠이 아니었다고.
죽음은, 질척거리던 삶으로 짓물렀던 한 생,
캄캄하던 터널 벗어남이었다고,
태어났던 자의 막판 축복이었다고,
조난자(遭難者)로, 아무렇게나 던져져,
기만당하고, 기만을 되갚아가며,
턱을 치받던 숨 찬 삶의 대차대조에서 벗어나,
삶의 빚 탕감받는 막판 축복이었다고!

불꽃놀이처럼 한순간, 한순간에 흘려 살았던,
그 한때가 허황되고 허황된 삶의 허무,
극점 이루었음을,
뼈들이 일어나 뼈들이 들고 일어나……
그중 확실한 결말이

비석으로 심겨진 초라한 묘지 한 뼘이라는 것을……

세계에서 가장 번잡한 뉴욕 한가운데
과장된 속도와 속도로,
치닫고 내리닫는 차량 행렬 한가운데서
나부끼는 시간, 하무의 소용돌이에서,
결별의 손짓으로 남은 묘지.

초록빛 별,
지구에 돋아난 뼈드렁이처럼 남아있는
뉴욕 한가운데 낡은 비석들
뼈들이 일어나 뼈들이 들고 일어나…….

묵상의 숲

1쇄 발행일 | 2018년 09월 17일

지은이 | 정연희
펴낸이 | 정화숙
펴낸곳 | 개미

출판등록 | 제313 - 2001 - 61호 1992. 2. 18
주소 | (04175) 서울시 마포구 마포대로 12, B-108호(마포동, 한신빌딩)
전화 | (02)704 - 2546
팩스 | (02)714 - 2365
E-mail | lily12140@hanmail.net

값 12,000원